KB056348

점점점 볼링볼링

김익경

울산에서 태어났다.

2011년 『동리목월』을 통해 시인으로 등단했다.

시집 『모음의 절반은 밤이다』 『점점점 볼링볼링』을 썼다.

파란시선 0139 점점점 볼링볼링

1판 1쇄 펴낸날 2024년 5월 10일
지은이 김익경
인쇄인 (주)두경 정지오
디자인 이다경
펴낸이 채상우
펴낸곳 (주)함께하는출판그룹파란
등록번호 제2015-000068호
등록일자 2015년 9월 15일
주소 (10387) 경기도 고양시 일산서구 중앙로 1455 대우시터프라자 B1 202-1호
전화 031-919-4288
팩스 031-919-4287
모바일팩스 0504-441-3439
이메일 bookparan2015@hanmail.net

ⓒ김익경, 2024, printed in Seoul, Korea

ISBN 979-11-91897-74-6 03810

값 12,000원

*이 책은 울산광역시, 울산문화관광재단 '2024년 예술창작지원사업'의 지원을 받아 발간되었습니다.

점점점 볼링볼링

김익경 시집

시인의 말

나무를 자른다 나무와 숲의 거리는 빠져나올 수 없을 만큼 촘촘
하다 나는 아무 말도 할 수 없다 나는 진실을 말하지 않는다 모든
잘못은 나로부터 시작된다 죽어 가는 것은 기쁘고 살아가는 것
은 가볍다 나는 임금님이 당나귀라고 말하지 않았다 나무는 알고
있다 나무를 찬찬히 만난 적이 없다 나무숲은 가볍다 나무를 자
르듯 말꼬리를 자르는 무리들이 바람을 만들고 있다 나무는 너무
많은 것을 알고 있어 더 자라지 않는다 바람의 밀정은 많다

차례

시인의 말

제1부

세 시와 네 시

    세 시는 세 시대로 네 시는 네 시대로 빛나는 얼굴 세 시가 네 시를 향해 달리는 속도는 뺨을 갈기는 질량에 비례한다 세 시는 고양이의 눈에서 태어났다 조상의 가장 빛나는 얼을 담고 있다 세 시의 세상은 불면을 이긴다 세 시가 없었다면 검디검은 지문도 없었다 지문의 결을 따라가다 보면 흔적 없는 네 시가 기지개를 켜고 있다 출발을 준비하는 새벽 버스의 너트가 조여지고 있다 세 시와 네 시는 기억되지 않는다 다리 위에서 모르는 사람을 만나 모르는 약속을 하고 서로를 믿지 않기로 했다 속도를 내고 있다

운동장

━

가슴에 통증이 있는 개미

대체로 기분이 나쁜 개미 다분히 흐린 개미 꽤 많이 무료한 개미 간헐적으로 죽고 싶은 개미

나는 나를 모르지만

부분적으로 맑은 개미 이성을 잃은 개미 죽기 위해 태어난 개미 일교차가 큰 개미 다소 쌀쌀한 개미

아침 최저기온이 10도 이하인 개미
첫서리를 맞은 개미

너는 너를 싫어하지만

물에 뜨는 집을 가진 개미 수영복 원단의 양복을 입은 개미 하루를 준비하기 위해 어제 온 개미 사흘을 4일로 기억하는 개미

━

나는 뚝 떨어진 인형이지만

적설량보다 더 깊은 개미
강수량보다 더 투명한 개미

다음 주까지 맑은 개미

순간들

B1에서 엘리베이터를 기다린다

B2는 B1이 반가워 안부를 묻는다

배꼽에 손을 올린 아이
주인의 품에 안긴 강아지
빨간 매니큐어 발톱을 가진 새댁도

서로의 신발을 쳐다보고 있다

순간이 정지된다

영화에서만 있을 일이라고
벌어지지 않을 일이라고
애써 신발이 웃는다

윗집도 아랫집도 옆집도
수다처럼 가볍게 올라간다

서로의 침묵을 복도에 내려놓는다

구름만 남겨 둔 채로

아이도 강아지도 새댁도
마주치지 않는다

지긋지긋

一

세상의 뚜껑을 모두 열어 놓으면

당신은 흥미로운 얼굴을 갖겠지

풍선은 계속 부풀 테고

별것 아닌 일을 심각하게 받아들이겠지

왜 풍선은 부풀어야만 할까

별일 아닌 걸 심각하게 말하는 습관은

아무 일 없었던 것처럼 질긴 음식을 먹고 있겠지

누군가의 이름으로 기록되고 불릴 때

오지 않은 질문에 답을 준비하는 일

끔찍할 것 같은 내일의 일을 걱정하고 있겠지

一

두루마리 휴지는 혀를 길게 내밀고

어제의 졸음을 이기지 못하겠지

지금도 누군가는 울고 있겠지

너는 무척이나 어려운 그림

버스 정류장

열두 시에 만나자는데 나는 열 시에 있다

삼십 분이면 갈 수 있는데
삼십 분을 세 번이나 지나는
생각에 잡혀 있다

너는 아는데
나만 모르는 사실들
그것 말고는 다 아는 나는
어떻게 만들어지고 있을까

두 시간의 격차만큼

지금까지 너는 머물지 않았고 나는 떠나지 않았다 분명한 것은 모두가 잠깐이라는 것

우리의 동선은 불완전한 명사들이 목적 없이 하룻밤을 보내는 길이만큼 더 단단해지겠지

방 중간에 중앙선을 그어 놓고 우리가 한쪽으로 몰렸다

고 생각해 봐

　선은 넘지 않는 것이라는 오래된 나는 아직 출발도 하지
않았고

　너에게 말해 주고 싶은 건

　세계에서 생산량이 가장 많은 말

　입보다 단단한 눈알들이 떠들어 대는 그 말

흐린 날

흐리고 바람이 차다는 말이
아침을 몰고 왔다

서랍 속에서 아침을 꺼내 입고
바람을 등진 세계를 생각한다

흐린 날은 몸의 세포들이 죽은
소문을 불러 모은다

세계는 소문을 따라 창문을 열고
소문을 질투한다

소문은 더 흐리고 차고

세계보다 먼저 와서
더 멀리 도망간다

아직 도착하지 않은 흐린 날들은
구체적이지 않아
더 가까이 있다

간단 사용 설명서는 간단하지 않다

여차하면 도망이라도 쳐야지

외투

— 　무게의 이동은 가변의 엉치뼈에서 시작된다

　골반의 움직임이 줄어드는 의심의 시간

　넌 운동회가 열렸으면 좋겠다고 했다

　들키지 않는 법을 배우는 구름에게 자서전을 내밀며 질기고 질긴 그림자를 지워 달라고 했다

　밤을 다 헤아리지 않는 것은 희극이다 비극은 헤아릴 것이 너무 많을 때 찾아온다

　누런 이를 가진 풀 납작 엎드린 바람 어느 한쪽으로 머리를 돌릴 수 없는 뻣뻣한 감자

　싹이 나고 잎이 나고 밤새 외투의 질문을 익힌다

　얼굴을 바꾸기 위해 사탕을 문다

—— 　당도의 깊이만큼 눈물이 쏟아지는 것은 그만큼 초조했지만

싹이 나고 잎이 나고 그만큼 역병의 시간이 다가온다는
것

예절을 모르는 소설을 쓰고 싶은

넌 누군가의 후각

가장 먼저 닿는 비밀

밀항

지금부터 A4 용지를 반으로 접습니다

신문지나 잡지도 괜찮습니다

파스텔컬러 용지는 안 됩니다

세로로 반을 접고 다시 반을 접어 긴 세로가 되도록 접어 주세요

그러고는 길게 접은 종이에 다섯 개의 정사각형을 만들어 주세요

끄트머리에 조그만 구멍을 냅니다

나는 지금 우물을 만들고 있는 중입니다

다섯 개의 정사각형에 미치지 못하는 아이들은 거세합니다

뒷일은 그저 그대로의 이름으로 남을 것입니다

지금까지 했던 일을 다시 반복합니다

나는 아내를 만드는 중입니다

잘 따라오셨나요

따라 하기 어렵다면 접은 종이를 물로 깨끗이 씻어 주거나
다려 주시고

지금까지 했던 일은 누설하지 않도록 해 주시기 바랍니다

나는 삼각형이 될 것입니다

쉿!

시작하지 않음으로써 시작되는 것들
—P에게

— 모르는 여자의 부고가 도착한 날
아는 여자가 부고를 쓰고 있다

5개월짜리 유서를 써 놓고 5년을 고쳐 쓴 것은
모르는 여자가 쓴 부고를 아는 여자가 고친 것이다

한 여자가 점점 흐릿해지고 있다 하지만
아직도 또렷하게 남은 유방이 꿈속에 도착한다

잘 모르는 여자의 유방이 잘 아는 여자의 가슴에
도착한다

유방암을 한 아름 선물로 받은 남자

의사의 진단을 받은 것은 5년 전의 일이다
아는 여자의 이름이 모르는 여자의 병명과 동일했다
병이 깊을수록 모르는 여자의 이름만 떠올렸다

단 한 사람에게도 부고장을 보낸 적이 없다
— 모르는 사람이 모르는 사람의 고장에서 묻혔다

수목장 아래 낙엽이 부고장처럼 쌓여 있다
생을 다 모을 때까지 수북이 쌓여 있으리라 믿는다
그렇게 믿는다 그럼 이만 총총

점점점 볼링볼링

된장, 에 대한 모독, 왜 만날 멀건 된장국이야
차마 젠장이라고 발음할 수 없는

소말리아에는 모독이나 모욕이라는 단어가 없습니다

나는 나의 권리를 모두 포기하겠습니다 의무만 갖겠습니다
다시

당신이 나를 압니까

당신의 거울에게 안부를 여쭙니다 보잘것없는 언사로 가
족을 배신한 점 개에게 혀를 내밀거나 고양이의 엉덩이를
토닥거린 점 모든 점들에게 심심한 사의를 표합니다 점점점

나는 멀리 있습니다 마지막 열대 펭귄 무리 속으로 갈
것입니다 절름발이가 되어 성냥을 팔고 있을 것입니다

작아질 것입니다 구름이 커지는 만큼 목줄을 당길 것입
니다 규칙은 정하지 않겠습니다 볼링핀은 볼링볼링해질
것입니다

장롱에서 저를 발견할 수 있을 것입니다

로드킬

—

우리 애는 물지 않습니다 우리 애를 쓰다듬어 주세요 그 손에 음식을 대접할게요 같은 숟가락을 사용합니다

내가 놀라면 되레 화를 내는 당신을 봅니다

우리 애에 대한 예의가 없군요

너를 보면 코마 상태가 되는 내가 있습니다

우리 애는 비싼 것 맛난 것만 먹습니다 당신과는 비교할 수 없습니다 일찍 들어가야 합니다 분리공포증이 있거든요

목줄로부터 자유로운 휴양지로 떠날 겁니다 목욕샴푸와 껌 장난감 영양제를 구입해야 해요 너무 바빠서 찾아뵐 수 없을 것 같아요 우리 애가 너무 싫어해서요

당신을 버릴 수밖에 없네요

—

친애하는 가족 여러분

시장은 잘 다녀오셨나 당신은 거짓말쟁이가 아니잖아 최초의 올리브유는 램프였다지 올리브 당신의 뽀빠이는 어디로 갔나요 쓴 사람보다 읽는 사람이 더 좋아지는 것은 장바구니에 실수로 담긴 애인의 사진 때문이겠지

마트에 기회를 진열해요 기회를 잃은 기회주의자에게 바겐세일을 할 거예요 하늘이 무너지면 더 이상 얘기하고 싶지 않을 거예요 이를테면 친애하는 가족 여러분!

우리가 헤어질 때는 *내가 너를 버린 것이 아니라 네가 나를 버린 것*이라고 말해요 가장 아름다운 사직서가 될 거예요

맙소사 여기서 당신을 만나다니 모자를 눌러써요 너무 눌러쓴 이별은 수치심이 없어요

이제 나를 버려 줘요 동정 없이 나를 달래 줄 수 있다면 완전히 우울해질 수 있을 것 같아요

오월, 네 속이 궁금해

—

가족이 모였다 구름이 드리웠다 벌거벗은 사과가 구름 같은 쟁반에 놓여 있다

쟁반은 구름과 사과보다 가족이 궁금하다 뒤돌아보는 일들이 많아졌다 남자들은 양아치 곶감 같은 여자를 파먹고 있다

살아 있는 감에는 스푼이 숨겨져 있다 나는 스푼을 본 적이 있다 이것은 허구가 아니다

장롱을 뒤진다 속곳에 싸 놓은 인절미는 호랑이 굴에서 나왔다 맞은편에서 박수홍이 웃고 있다

비명을 지른다 위로받지 않는다 오월은 돌아오지 않는다

테이블을 뒤집고 문에 머리를 박는다 움푹 파인 구덩이가 거울에 담겨 있다

반갑습니다 나를 파양합니다

—

엄마가 남자들을 갈라놓고 있잖아 갈라쇼를 하던 김연아가
보면 어쩌지

슬기로운 엄마 오! 봉이 씨

100분 토론

— 우리 얘기를 하기로 해요

정부에 대해
그들의 아침에 대해
어제의 모험에 대해

기억에 없다면 한 차례로 기억된다면 거울이 깨졌다면

응당 치러야 할 오늘의 색깔은 사각

겉과 속이 다른 육팔면체 그녀가
담배 연기를 깊게 들이켤 때
공중전화의 벨이 울릴 때
우리는 서로에 대해 거짓말을 하기로 해요

모두가 아는

라오스의 아이들에게는 맛있는 캔디를 선물해 줘야겠지

— 그렇게 편지를 썼다

돌아갈 가능성이 없는

겁을 아는 일이 그렇게 어려운 일인지 몰랐어요 살인에
가담하지 않았다고 자신 있게 말할 수 있는 사람 손을 드
세요 돌을 던져요 짱돌이면 더 아름답겠지요

우리 얘기는 비밀로 해요

모두가 다 아는

아름다운 춤을 춰요

제2부

종이인간

태초에 말씀이 있으셨다

호적을 파 버리겠다는 말씀처럼 화끈한 것은 없었다

세상은 기록에서부터 시작됐다

기록이 없다면 종이가 없었다면

우리의 인연도 악연도 없었을 텐데

끊고 맺음의 기록만이 우리를 기억한다

종이의 시작은 모든 죄악의 탄생

너를 증오하기 시작했으므로 서약은 유효하지 않다

태초의 말씀을 지운다

그 어떤 입장도 만들지 않는다

비문증

보이는 것은 도달하지 않는 것이다

도달하지 않는 것들이 모여
말을 걸어오면 말이 무너지고
말이 생성된다

무너진 것은 무너진 것 이외의
사물에는 관심이 없다

도달하는 것과 보이는 것은
말 앞에 무력하다

분명 고개를 돌렸으나 분명한 것이 없다

우리는 이의를 제기할 수 없다

곧 말하고 싶었으나
서로를 피곤하게 만드는 습관과
부유물로 도달하는 말들에 대해
결정하지 않기로 했다

말들의 표정에게
도달하지 않기로 했다

벌레, 아지랑이 같은 루키들은
도달하지 않으려고 쌓인다

직접 말하지 않는다

우리는 아는 척만 한다

잠에 대한 이별록

푹 잔 자 손을 드시오

얼굴이 많은 사람
내일이 없는 오늘
생각의 문턱을 넘지 못하는 어제도

우리는 내일 만날 수 없으므로

지금부터의 고백은 오늘의 일입니다 '힘냅시다'는 문자를 보냈더니 '미친 것 아닌가요 지금도 죽겠는데 얼마나 더 열심히 하란 말인가요 너무합니다'라는 답신이 왔습니다 이가 뽑혀 나가더군요 며칠 동안 오늘을 지웠습니다 오늘이 없어져 다행입니다 지겹도록

잠을 납득시킵니다 의지와 철학의 부재가 잠을 분노하게 한답니다 섣부른 고백은 기록되지 않습니다 기록 이전의 문장은 시끄럽고 고백은 찡그리면 안 됩니다

점심을 먹는데 저녁이 생각납니다 얼굴이 없어지면 저녁이 잊힐 것 같습니다 아침과 생각을 비벼 봅니다 그러면

잠이 돌아올지도 모른다는 타로 운세에 집중합니다 좋은
결과를 기대합니다

　최상의 운세입니다

나는 당신에게 단도직입적입니다

오늘은 가짜다

너를 사랑한다고 말해 버렸다

파뿌리가 검은 머리가 되는 것은 매직

애인은 늘 검은 머리 짐승은 거두는 게 아니었다고

파뿌리 같은 짐승이라면 모르겠다

내일도 가짜

진짜보다 가짜가 이뻐 보이는 것은
더 정교해지는 애인들 때문

이웃을 탐한 적 없듯
진짜를 가져 본 적 없다

진심이 될 법한
마법의 방식

결단코 애인을 찬미하지 않는다

혀를 잃은 자

나는 당신에게 즐겁지 않았다

당신은 박복한가요

一

누구나
한 가지 복은 타고난다는데

우리는 서로 웃자고 했다
즐기자고 했지만 당신은 그러지 않겠다고 했다

폭염매미는 너무 많이 울어
귀가 닳았다
웅성거리는 슬픔마저
귀에 닿지 않았다

찍히는 것은 발등만이 아니다

세상에 믿을 자식은 없다

나는 박복하지 않을 것이다

부수기 좋은 물건을 구입하러 휴게소에 들른다

二

누구나

한 번의 기회는 온다는데

하나님 다 주었다고 말하지 마세요

오늘도 꿈을 훔칩니다

너무너무 흔한

아이는 갖지 않겠습니다

타임머신

—

온몸의 장기들이 타인의 몸속에 있다

내가 없는 세상일까 네가 없는 세상일까

구름 속에 잠긴 태양이나 생계를 위해 움직여야 하는 우리의 사생활은

내 심장과 눈을 너에게 줄 거야 네 이름은 알고 싶지 않아

그러면 나는 너의 전부를 가진 거와 같아

나는 하나이면서 여럿이지

나는 왼손을 들고 싶은데 너는 오른손을 들고 있지

나는 차갑고 너는 뜨겁고

아침에 뜨는 눈은 네가 뜨는 눈이 아니야 너를 깨우는 것은 네가 아니야

—

네가 살아 있다고 믿는 발랄한 생각은 버려

죽은 자의 사생활은 우리의 사생활이니까

집게

—

허전함을 참지 못하는 나는
모르는 사람과 잠을 자고 저녁을 먹는다

한 번의 삶이 지겨워
연애를 한다

등만 바라보는 우리의 연애

우리는 이름보다 따뜻한 부고를 기다려야 해

뭐가 더 필요하겠어요

무엇이든 물 때마다 생기는 생채기는
혼자를 만들고

우리의 경계는 밤늦도록 이뤄지지 않는다

뭔가를 꼭 집어야 하는 것은 아니잖아
뭔가 꼭 통해야 하는 것은 아니잖아

—

모르는 색깔들이 혼탁해지는 시간
우리의 체중은 줄어들고
하나뿐인 나의 마음은
너를 담지 못한다

우리는 줄어들 수 있을까

一　　생각을 줄이면 행렬이 줄어듭니다

　　　세상이 몹시 시끄러운 건
　　　어제 늘어놓은 빨래가 다 마르지 못하고
　　　눅눅해지는 건
　　　엔딩을 놓쳐 버린 드라마처럼
　　　생각이 많아서입니다

　　　그냥 죽은 듯이 자려고 했는데
　　　새들이
　　　자꾸만 좌우대칭의 말을 걸어옵니다

　　　몇 번이고 유리창에 부딪히면서도
　　　앞을 가로막습니다

　　　사라졌다는 생각
　　　이제 좀 나아졌겠다고 하는 생각은
　　　어디에서 오는 것일까요

—　　우린 각자 자신의 휴대폰을 보고 있어서

서로에게 하려고 했던 말도
해 줄 말도 없습니다

우리의 엔딩이 끝없이 궁금합니다

얼마나 더 줄어들어야 할지 모릅니다

성남동 190번지

一   그런 곳이 있다

난장처럼 사람이 오가는 곳

누구도 정착하지 않는

참기름집 이 층 셋방은 미끄러지듯 그곳을 한눈에 볼 수
있다

그 앞의 이 층 다락방에는 누나들이 살았다

누나들은 요정이었을까

머리채를 잡고 뒹구는 그들 사랑일까 저주일까

원숭이가 서로의 털을 다듬는 오후

다락의 불은 자주 꺼진다 담배에 묻어난 립스틱 더욱 붉다

一   아침마다 굵은소금이 문 앞에 쌓이고 누나들은 움직이지

않는다

문 앞의 이모와 문 안의 누나

어디서 해장을 하고 있을까

문 안의 누나

쉰내 나는 소금을 뿌리고 있다

빗물에도 녹지 않는다

12 몽키즈 시즌 4

―　　　그로부터 우리는 만 개의 얼굴을 가졌다

　　　　가지 않았고 오지 않았다
　　　　가는 것을 말렸고 오는 것을 미뤘다
　　　　사람은 과학이 됐다
　　　　입을 봉한 사람들은 일굴을 지우고
　　　　우리의 눈은 언어가 됐다
　　　　소리보다 빠른 눈들은
　　　　거리를 유지하며
　　　　기웃거리지 않기로 했다
　　　　봉인 찍힌 열정은
　　　　반품되지도 재활용되지도 않았다
　　　　달력만이 바람에 나부낀다
　　　　새로운 옷들은
　　　　매대에 누워 일어나지 않았다
　　　　인두질 같은 흔적만이
　　　　어깨에 남았다

　　　　얼굴은 얼굴을 삼켰다

―

제3부

매직쉐프

크기를 생각한다

분수의 높이와 중력이 뒤엉키는 내일은 없는 날 크기도 없는 날

크기를 생각하며 손의 길이와 손톱이 자란 속도만큼 크기를 생각한다

크기를 생각하며 손톱을 자르고 밥을 먹는다 밥그릇의 크기가 바뀔 때마다 나는 크지 않는다 밥그릇의 크기가 날마다 커지거나 날마다 줄어드는 나는 크기가 없는 사람

크기가 없는 나는 나를 사라지게 한다

고독감별사

—   문밖은 위험해

집을 나서지 않는 사람
집을 이고 있는 사람
손안에 담을 수 없는 그림자만 가진 그래서

숨어 있어도 보이는

머리카락이 없는 사람
핸드메이드 커피로 혼자를 만드는 사람
층간소음과 입씨름 중인 세입자
집을 나서지 않는 거울과 대화하는

입, 자꾸 도톰해지는 헬리콥터

주위를 물리치는 사람
주변이 없는 사람
어떤 출사표도 던지지 않는 폭풍 같은

—   달걀 껍데기를 벗기고 있는 소금이 없는 사람

돌아가지 않았으므로 돌아오지 않을 사물함을 비우는 ㅡ

채우지 않았으므로 채워지거나 버림받을 일이 없는

익숙한 버림, 씨앗 없는 물

개껌 같은 클라이맥스

Dog Show

─   돌이킬 수 없는 일을 저지른다

저지르고 있어서 내가 그만두지 못하는 일

누군가가 저지른 줄도 모르는 일

엎질러졌기에 잠깐 딴생각을 하다 보면
딴생각보다 먼저 엎질러진 일
여럿보다 내가 먼저 죽어 있는

세상,
열리지 않는 불안은
이상도 하지

알약은 잠자기 직전에 먹으래
사람이 되기 싫은데

돌아와 보니
아무도 지나가지 않았고
─   나를 따라갔더군

어찌 될지 모르겠어
돌려줄 수는 없겠니

다음 차례가 궁금해지는
열대성 저기압의 목요일

냉장고

이사를 오면서 머리와 다리를 바꿨다

문을 열면 언덕이
허리가
펴지지 않는 엽서가 쌓여 있다

세 명의 아내가 손을 넣고 있다

냉동은 아내보다 위대하다

후라이드와 양념의 절반 같은
딱딱한 크로와상을 뜯고 있다

그 많던 남편들은 어디로 갔을까

신발을 집어넣고 아침을 꺼낸다
점심을 넣고 하루를 꺼내면 코가 자란다
그곳에는 읽지 않은 책들이 냉동되어 있다
내일 저녁은 없다
가위가 오늘 저녁을 잘라먹었다

베란다에서 젖은 아내를 말린다
목젖이 훤히 보이도록

마지막인 듯 환하게 웃는

한 명의 남편이 재생되고 있다

그림자의 탄생

나쁜 자들이 나쁜 일을 하려던 것은 아니었어

죽었다 살아나는 주사를 맞으며 몇 번이나 더 까무러칠지 몰라

자네 좀 달라 보이는군 그건 경솔한 생각일세 내가 걱정 된다는 그런 눈빛은 뭔가

슈베르트가 사랑한 송어처럼 난 쓸쓸하게 혼자 죽기를 바란다네

우리는 악수하지 않지

듣도 보도 못한 비극은 어느 편도 들지 않지

그저 스윗한 거야

부를 때까지 오지 않아도 좋아

모두 오지 못한다는 연락이 왔다네

우리는 조금씩 내성적일 필요가 있어

나는당신의과거를읽을수없지들을수없지

너의 흔한 나의 미래

저녁의 장례식에서 볼게

그리 오래지 않을 거야

멀리를 품다

—

바다가 보이는 집으로 이사를 했다 나는 바다가 있는지 모른다 단지 바다가 있었다 바다를 보기 위해 이사를 한 것도 아니다

처음 바닷가를 둘러본 것은 옆집에 인사하듯 최소한의 예의였다 그 후 나는 옆집도 바다도 멀리한다 멀리는 얼마만큼의 거리인지 나는 모른다

바다가 보인다고 꼭 바다를 봐야 하는 걸까

바닷가로 피서를 가 본 적이 없다 그런 내가 매일 바닷가에서 바닷가로 출근하고 바닷가로 퇴근한다

질긴 바다 질긴 것들은 봉인된 관처럼 함부로 뚜껑을 열 수 없다

좋은 곳으로 가셨을 겁니다 저는 그렇게 위로합니다

바다에 가까이 가는 것은 위험하다

—

바다는 멀리를 품고 있다

자꾸만 바다가 나를 가깝게 한다

나는 언제든 멀리 가고 있다

인터뷰

다른 집은 안 그런데 왜 여기만 그러냐는 사람의
절반은 다른 집을 가 본 적이 없다

나머지 절반은 그런지 안 그런지 관심도 없다

진실을 알고 있는 사람은 한 사람

한 사람보다 더 많은 사람의 얼굴이
진실이 되기 위해서는
다른 집을 가 봐야 한다

한 사람은 한 사람이어서
다른 집에 가지 않는다

다른 집이 좋으면 다른 집으로 가면 되는데
다른 집에도 가지 않으면서
다른 집과 같은 집에 있다

그것이 혁명이든 양파의 내부든
우리는 저마다 다른 집에 있다

다른 집은
다른 집과 달라서
점점 날카로워진다

미러링

나는 나를 따라 하는 사람
그 이전의 나를 따라 하는
사람을 따라 하는
아버지의
아들을 따라 하는
니는
나를 말하지 못하는 사람

검은 넥타이를 매고 있는 사람
머리부터 발끝까지
주목받지 못하는
연애 중에 나를 잃어버린

생각과 웃음을 가진 동물 이전의 동물

나는 사람 이전의 사람
말씀 이전의 베개에서 잠든 사람
원숭이 이전의 원숭이를 따라 하는
개척 이전의 아브라함

은혜 이전의
땅을 파는 포클레인

나를 믿을 수 없는
나를
따라 하는 사람

스미싱

죽기로 했다 왜 그날인지는 말하지 않기로 했다
그동안 의자는 안녕했다
말하지 않기로 한 것은 서로가 그 이유를 알기 때문이지만
그는 먼저 죽기로 했다 16일보다 먼저

발목이 보이는 양말을 신기로 했다

무릎은 너무 흔하고

아프지 않은 것처럼 연기해도 좋겠지

곪은 과일의 변명은 더 이상 하지 않기로 했다 곧 새싹
이 돋을 거니까 지나가는 사람은 지나가지 않은 사람을 만
날 테니까 그러기엔 17일이 가장 좋은 날이니까

지워지는 두부를 준비하기로 했다

우리는 서로를 내려다보지 않기로 했다

17일을 17일로 부르기로 했다

18일은 막대사탕 같으니까

브레이크 타임

배달용 나무젓가락을 접고 있는
오후 세 시

너에게만 있는 생일 같아

입술을 훔칠 냅킨 두 장
2인용 나무젓가락
눈알 빠진 보너스 쿠폰

너에게는 없는 주름 같아

아무도 없는 생일상을 지키며
잊힐 시간을 조리하고 있다

어쩌면

짝사랑은 오늘도 만들어지고 있겠지

너 따위는 다시 보지 않을 만큼
달궈져 있을지도

준비되지 않은 첫사랑이
다가왔을 때

어쩌다 젓가락 눈알 하나를 빼먹었을지도

어쩌면 나에게도 생일이 있었는지도 몰라

그래도 나는 어른이 되지 못할 것 같아, 벌써

눈사람

자신에게도 하지 않는 얘기가 있다 하고 싶어도 할 수 없
는 말 기다리고 싶어도 기다릴 수 없는 말이 많을 때 오는

말하지 않아야 위로되는 악수 불면 속에서만 떠오르는
새벽 세 시의 거침없는 눈 단단해지는 동정들 위로받지 않
아야 할 단점들 물티슈로 쉽게 지워지는 호적에 등재된 사
람

모든 사람이 비밀이 되는 순간 허기를 즐기는 순간 그
순간들이 즐거운 세상 끙끙 앓고 있는 태양 한밤중에도 선
명한 이름 투명한 얘기를 낳는 유리들 밟는 것보다 밟히는
발자국의 얘기에 귀 기울이는 중학교 등 뒤에는 아무것도
없는 그런

쇼윈도의 쇼윈도

누가 누굴 쳐다보는지 모호할 때가 있다 목을 길게 빼고 성에 차지 않는다는 듯 당신과 나는 싸우고 있다 서로의 눈은 한쪽으로 기울어 있다 식상한 단어는 진열하지 않기 레지스탕스의 눈 흘기지 않기

네 개의 모퉁이 부분적으로 흐림 찬찬히 들여다봐도 당신과 나는 들리지도 보이지도 않는다 엄마가 살아 계실 때까지는 대못을 박을 수 없다

비로소 누군가를 이해합니다 춘천에 들르고 싶습니다 그저 이름이 이뻐서요 한 번도 가 보지 않아서요 우리는 어디든 가 보지 않아 사랑합니다

개지 않는 이불 위로 눈이 내리고 아침이 빠져나온다 어제 봤던 아침이군요 휑한 눈빛은 살이 좀 더 쪘군요

당신과 나는 서울 외곽 리우데자네이루로 가고 있다

제4부

달력

아침마다 날짜가 찾아옵니다

검은 정장을 입은 사람 삐딱합니다

옷걸이에서 충전 중입니다

배후는 한 달이 지나도 그 자리입니다

시간은 무표정합니다

한 달이 지나도 덤덤합니다

목요일쯤이면 좋겠는데 아직 시끄럽습니다

식물도 시끄러운데

나만 조용합니다

꿈은

一 　　다섯 손가락을 움켜쥐고 있을 때

　　전염병이 창궐해 지구의 절반이 멸망하고
　　서로의 얼굴을 알아볼 수 없을 때

　　헤어지기보다 흩어지기 쉬울 때

　　장소를 불문하고 공손해질 때

　　공기의 절반이 몰입하고 있을 때

　　동작이 어디쯤 가고 있어 따라갈 수 없을 때

　　수박이 복숭아 맛으로 변할 때

　　알러지가 열매에게 웃고 있을 때

　　거짓말이 펼쳐진 방향에서 우후죽순 생겨날 때

━ 　　목을 비트는 가시들이 반찬으로 올라올 때

방금 우리가 견딜 만하다고 느꼈다가 수면 위로 떠오를 때

당신과 내가 변함없는 말로 가득할 때

의혹이 당신일 때

수만 번 웃을 수 없을 때

언젠가가 사라질 때

동화 그만 읽어요

내 이름은 서커스예요
우물에서 태어났죠
정말 물에 빠지고 싶었나 봐요
나는 한 번도 죽지 않았죠
엄마는 집시였고
나는 알려지고 싶지 않아요
오늘은 낚시하는 걸 잊어 먹었어요
먹어야 한다는 걸 잊곤 하죠
그물에서 건져 올린 옛날얘기에
그날이 평범한 날이면 더 그렇죠
나는 그저 얘기를 옮겨요
바다표범 같은 여자가
코트를 잃어버려 육지에 머물고 있어요
쏟아질 어둠이 부를 때까지
그게 어쨌든
익사하고 있었던 걸
잘 기억하고 있다네요
나는 물에서 와서
잘 잤어요? 안부를 물어요
행복과 불행이 반복되는 동화를 읽어요

고쳐먹어야 할 것은 몸만이 아니에요
햇볕을 쬐고 있는 바위에 앉아
동화를 고쳐 써요
내가 죽은 걸까요?

각설탕

一   고양이의 어법은 털을 남기지 않는다

네게 묻은 낯선 입김
아무것도 하지 않았다고 말한다

배가 뒤집힐 때까지
세계는 날카로워지지 않는다

수염의 길이만큼 역방향의 혓바늘
한 사람 건너의 한 사람을 그루밍하고 있다

어떤 이는 아무것도 보지 않았다고
눈물보다 많은 눈곱을 떼고 있다

더 이상 개척할 땅은 없다

어떤 이는 아무것도 모르거나 기억나지 않는다고

두 번째 단추가 한 사람 건너의 단추를 끼우듯

一

너만 바라볼 거야

고삐를 풀어 줄게

다시는 돌아오지 않겠다고 눈물 이전의
이름에게

아무것도 아니었다고

나는 진짜일까요

—   나는 있습니까 없습니까

아침을 먹지 않아요 이렇게 말하면 오늘 하루는 정말 재수 없을 것 같아요

아버지의 볼이 뜨거워져요 왜 하필 이럴 때만 엄마가 슬퍼질까요

자다가 입이 돌아갈 때 그만큼 키가 줄어요 밖과 안의 경계가 없는 웃풍은 겉만 번지르해요

어쩌자고 종이접기를 시작했을까요 가해자인데 너무 해맑은 얼굴이었기 때문이죠

사람 참 좋아 보인다구요 깃발만 꽂으세요 당신은 참 멋지십니다

나는 눈이 큽니다 눈 큰 사람은 지루해요 눈을 잃으면 세상이 재미날 것 같아요 내 마음대로 볼 수 있으니까요

—

나는 있습니다 없습니다

엄마가 아끼던 것은 관 속에 넣어 드릴게요

나는 아침을 먹지 않아 재수가 없나 봐요

오도 가도 못 하는 날에는 우리 모두 다 함께

—

머리맡에 지하철을 그려 놓는다

자주 집을 잊어먹는다

오라면 오고 가라면 갈게

머리는 없고 감성만 있는 수채화는 충성심이 없다

기름기 없는 물감 맨발은 다정하지 않다고

몸을 흔들지만 테두리가 없는 마음은 단언컨대

헤엄을 치지 못한다

펭귄은 맹목적인 발을 따르고

그는 누구의 이름도 아니다

적응할 수 없는 낯익은 이름들이 어른이 되고 있지만

—

때마침 첫눈이 초인종을 울리고

자주 헐렁해진 건반을 생각한다

때때로 누가 짖고 있는지를 모르게 한다

홀릭

—

살얼음이 잡히고 땅이 얼기 시작하는 시점
불편을 감당하는 일은 결국 불편을 사랑하는 일
하품보다 먼저 우리는 태어나고

좀 가만히 있을 수는 없니

나는 여기가 좋다고 느껴
끈을 놓을 수 있다는 착각만큼
결심은 유의미하니까

탐색될 수 없는 사람들
보이는 것이 보이는 바다, 바다는 보이니

우리의 독을 나눠 가질래?

나보다 독한 네가 두려워

면역되지 않는 대화
누구의 희생 따위는 없어야지

—

이러다 확 늙어 버릴 것 같아
이제 손을 버려야 할 때

거북이라 불리는 사람들

바다 메우기

—

벽이 퍼지지 않는다

낮 뜨거운 이완과 수축이 가까이 있다

그것은 우연히 오지 않는다

카스테라가 부푼 밤이면

담배를 피워 볼까

니코틴은 식물 속에 존재한다는 말을 곱씹으며

감자 피망 가지에도 네가 있다지

코카나무 잎에서는 코카인이 나오고

그럴 때마다 이상한 슬픔이

시간이 자란다

—

뱀보다 낙타가 더 뜨거워지는 날이면

미안한 표정이 도사리고 있다

멈출 수 있을까요 힘이 빠지지 않는데

사막 모래는 자꾸 굵어지고

움켜쥔 손 주먹 까치발

가장 끊기 힘든 연애

먼저

오늘이 죽어 가는 것을 목격한다

올해 안에 보자는 문자는
무수한 허풍과도 같다

우선에 뒤처진 나중보다
더욱더 저 먼
응시

지나간 사람보다 앞서
앞으로 올 사람보다
먼저인 사람을 기다리는
부고

오늘보다 먼저인 어제
우리는 만났어야 했다

뒤따르기만 했던
저번을 곰곰이 쳐다본다

그때 죽었어야 했다

더욱더 이전의

음복

요전에서 멈췄어야 했다

너를 보기 위해 나를 본다면

— 　입술을 읽는 사람이 있다지

그렇다면 눈을 감고 있을래

눈 감으면 입술이 더 커질지도

입술을 듣는 사람

입술만 바라보는 저 너머

거울처럼 커지는 얼굴을 지우면

무거움이란 가벼움을 들킬 것 같아 생겨난 애인

벌리지도 닫지도 않은 정장 잠꼬대는 누가 훔쳐 갔을까

싹수없는 주정을 달고 있는 입

언제쯤 끝날지 몰라 내뱉는 예언

—

단내를 풍기는 거품은 물지 마

비록 지루한 하루가 무거워도

겨자 소스처럼

우리의 유머는 미스터리

되돌이표는 되돌아오지 않는다

오래 있어도 존재하지 않았다

머무는 곳에는 발언이 없다

누구도 잡지 않지만
스스로 붙잡히는 무모한 손금들

저녁이 오기 전 떠날 것

어제의 어깻죽지에 기댄 오만은
간절한 걸까

넌 무슨 염치로 죽는 거니

아무것도 하지 않기
무모와 간절의 간격
되돌아오지 않기

오래지 않아 전부라 이름 지었던 생각이 없어질 것

나 없이 살면 안 되겠니

발 없이 떠나는
KTX 그 위에 실려 가는 지하철도
놓쳐 버린 햄버거

더 뾰족해지는 저녁

금요일

—

　내 바지에 누군가 실례를 해 놓았습니다

　새가 분명합니다

　십자드라이버로 안경테를 죌 때마다

　보이지 않던 참회가 떠오릅니다

　새들은 알고 있다지요

　너무 많은 머리에 생각을 쥐어박지만

　새가슴만 한 공은 어디로 튈까요

　분명한 새들은 유리창에서 도망가지 않습니다

　삼색 노크식 유성 볼펜처럼

　잠금장치가 풀릴 때까지

—

밤을 기다립니다

열두 시에 만납시다

아무도 모르지 않는 오늘입니다

아무도 찾을 수 없는 열쇠를 잃어버렸습니다

관계의 불안을 응시하다

이병국(시인·문학평론가)

　우리는 낯선 타자에 관해 아무것도 알지 못하며 주체는
대상을 언어화할 수 없다. 레비나스는 절대적 타자 앞에서
주체는 무력할 수밖에 없다고 하였다. 그것은 절대적 타자
를 주체의 세계에 포섭할 수 없기 때문이며 타자를 언어
화하려 들수록 타자는 무한한 외재성에서 내재적 전체성
으로 전락하게 될 따름이기 때문이다. 알다시피 주체의 욕
망은 타자의 욕망에 기인한다. 이는 타자의 얼굴이 주체의
삶에 개입하는 방식이며 그로 인해 무엇으로도 파악될 수
없는 무한한 욕망의 양태를 반복하게 한다. 무한성의 체계
인 타자와의 관계는 그저 가까이 다가가고자 하는 열망으
로 나타날 뿐이다. 간극은 좁혀질 수 없기에 주체를 결여
의 상태로 내몰기만 한다.
　김익경 시인의 두 번째 시집 『점점점 볼링볼링』은 인간
과 인간의 관계 맺음에 관한 불안과 일종의 무력감을 형
상화한다. 시적 화자들은 대상을 파악할 수 있다는 믿음을

거부당하며 자신의 언어와 인식틀을 재정립해야만 하는 상황에 처한다. 숲을 보기 위해 나무를 자른다고 하더라도 자기중심적 자발성 안에서 이루어지는 행위는 그 어떤 결괏값을 도출해 내지 못한다. 주체의 능력과 가능성을 넘어선 타자 앞에서 '나'는 아무것도 할 수 없을 것이라는 두려움에 휩싸인다. 어쩌면 이는 주체의 한계를 인정하는 윤리적 태도인지도 모른다. 그 한계로부터 '나'를 다시금 돌아보게 되고 독단과 독선적 사유로부터 타자의 존재를 강요하지 않으며 있는 그대로 타자의 얼굴과 마주할 수 있을지도 모르기 때문이다. 이를 타자를 향한 환대가 가능한 순간이라고 말한다면 조금은 섣부른 접근일 수도 있다.

「시인의 말」에서 "나무와 숲의 거리는 빠져나올 수 없을 만큼 촘촘하다"고 말하는 시인은 타자와 세계가 형성하는 '촘촘'한 관계망을 감각적으로 인식한다. "말꼬리를 자르는 무리들이 바람을 만들고 있"는 세계에서 "너무 많은 것을 알고 있어 더 자라지 않는" 나무를 응시하는 김익경 시인은 그들의 관계 속에서 새겨진 내밀한 연루의 체계를 포착한다. 그렇기에 시인은 진실은커녕 아무 말도 할 수 없으며, "모든 잘못은 나로부터 시작된다"며 "죽어 가는 것은 기쁘고 살아가는 것은 가볍다"는 아이러니를 경험함으로써 주체적 관계 맺음의 불가능성을 도출해 낸다. 그렇다고 김익경 시인이 시를 통해 관계 맺음의 불가능성에 관해 반복해 이야기하는 것에 대해 좌절에 의한 무력감의 발로로 여길 수는 없을 것이다. 오히려 시인은 이러한 상황에 대한 고백적 진술을 반복함으로써 자폐적이고 자기 충족적 체념이 되지 않도록 두려움의 기저를 들춰내려 한다.

> 세 시는 세 시대로 네 시는 네 시대로 빛나는 얼굴 세 시
> 가 네 시를 향해 달리는 속도는 뺨을 갈기는 질량에 비례한
> 다 (중략) 세 시와 네 시는 기억되지 않는다 다리 위에서 모
> 르는 사람을 만나 모르는 약속을 하고 서로를 믿지 않기로
> 했다 속도를 내고 있다
>
> ─「세 시와 네 시」 부분

시집을 여는 시인 「세 시와 네 시」는 새벽 '세 시'와 '네 시' 사이의 감각을 진술하고 있다. '세 시'와 '네 시'는 시간의 선후 관계만을 의미하지 않는다. 각각의 시간은 각각의 얼굴로 빛나는 개별적 삶의 양상을 표상한다. 다만 '세 시'는 '네 시'를 향해 간극을 메우며 달린다. "뺨을 갈기는 질량"은 삶의 속도에 비례하며 존재를 압박하는 삶의 고통을 드러낸다. 그러나 개별적 시간에 놓인 존재의 양태는 "출발을 준비하는 새벽 버스"의 세계만큼이나 고요할 따름이다. 각각의 시간은 "기억되지 않"지만 매 순간 존재는 "모르는 사람을 만나 모르는 약속"을 하며 세계를 구성하는 "너트"로 기능하기를 요구받는다. 이처럼 세계를 구성하는 부품으로 고착된 "나는 나를 모르"고 "너는 너를 싫어"한다 해도 "뚝 떨어진 인형"의 형상으로 파편화되어(「운동장」) 서로 소통하지 못한 채 "서로를 믿지 않기로" 하고 자신에게 강

제된 "속도를 내"며 나아가야만 하는 처지에 놓인다.

타자에 대한 믿음이 주어지지 않는 참혹함은 "누군가의 이름으로 기록되고 불"릴지 모르는 상황에서 "오지 않은 질문에 답"을 구하기 위해 "끔찍할 것 같은 내일의 일을 걱정"하는 한편(『지긋지긋』) "하루를 준비하기 위해 어제"를 반복하는(『운동장』) 고착을 그 누구와도 나눌 수 없는 불능으로 내면화하게 된다. 그리하여 엘리베이터에서 우연히 마주친 이가 묻는 안부에 어떻게 응답해야 하는지 알지 못한 채 "서로의 신발을 쳐다보"며 순간을 정지시키곤 "서로의 침묵을 복도에 내려놓는" 일밖에 하지 못하고 만다(『순간들』).

인간과 인간의 관계 맺음을 어렵게 만듦으로써 소통을 단절시키고 관계를 부재의 상태로 내모는 일은 우리가 원해서 그러한 것이 아닐 것이다. 그것은 타자에 대한 환대가 불가능한 세계에서 주체 역시 그저 또 다른 타자의 자리에 내몰린 채 '세 시'와 '네 시' 사이의 메울 수 없는 간극에 머물러야만 하기 때문인지도 모를 일이다. "분명한 것은 모두가 잠깐이라는 것"이라 믿는 저 간극의 낙차야말로 "우리의 동선은 불완전한 명사들이 목적 없이 하룻밤을 보내는 길이만큼 더 단단"한 틈을 만들어 "선은 넘지 않는 것"이 최선이라고 여기며(『버스 정류장』) 서로 다른 순간에 머물러 스스로 기만하는 일이 될 수도 있다. 우리가 맺는 관계가 그저 필요에 따라 잠깐 스쳐 지나가는 찰나의 것일 수는 없다. 그렇게 타자와의 소통을 미루고자 하는 것은 소외된 존재들의 자기 위안 혹은 자기기만에 불과할 따름이라서 존재론적 불안에 잠식된 '나'를 불능의 부정으로부터 구원해 주지 못하며 "불편을 감당하는 일은 결국 불편을 사랑하는 일"이라(「홀릭」) 거짓된 진술만을 고집스럽게 내뱉는다.

*

김익경 시인의 이번 시집에서 드러나는 존재론적 불안과 관계 정립의 불능에 관한 문제 제기는 타자와 유리된 주체가 단순히 '있다'라는 상태, 즉 익명적 상태에 있는 데에서 비롯되는 듯하다. 분명히 존재하지만, 무엇이라고 정확하게 이름 지을 수 없는 막연함의 상태로, 어찌할 수 없이 아무것도 할 수 없는 상황에 놓여 있다는 데 기인한다. 그러므로 막연한 주체는 "우물을 만들"어 자신을 유폐하거나 "그저 그대로의 이름으로 남"기를 바라지만(「밀항」), 내용 없는 현존일 따름이라서 "그 어떤 입장도 만들지" 못한 채 자신의 권리를 발설할 수 없게 된다(「종이인간」). 이는 두려움과 공포를 야기하여 타자와 세계를 향한 시야를 방해한다.

보이는 것은 도달하지 않는 것이다

도달하지 않는 것들이 모여
말을 걸어오면 말이 무너지고
말이 생성된다

무너진 것은 무너진 것 이외의
사물에는 관심이 없다

도달하는 것과 보이는 것은
말 앞에 무력하다

분명 고개를 돌렸으나 분명한 것이 없다

우리는 이의를 제기할 수 없다

곧 말하고 싶었으나
서로를 피곤하게 만드는 습관과
부유물로 도달하는 말들에 대해
결정하지 않기로 했다

말들의 표정에게
도달하지 않기로 했다

벌레, 아지랑이 같은 루키들은
도달하지 않으려고 쌓인다

직접 말하지 않는다

우리는 아는 척만 한다

　비문증이란 눈앞에 무언가 있는 듯 보이는 것으로 유리체에 부유물이 뜨거나 혼탁이 생겨 빛을 가리게 되어 발생하는 현상이다. 이는 질병이라기보다는 눈이 느끼는 증상이라 할 수 있다. 부유물의 그림자를 감각하는 것이라 특별한 경우가 아니라면 무시하면 그만이다. 그러나 "보이는 것은 도달하지 않는 것"임에도 불구하고 "도달하지 않는 것들이 모여/말을 걸어오"는 상황은 보이지만 '나'와 관계 맺지 않으리라는 믿음을 무너뜨려 '나'로 하여금 새로운 말을 "생성"하게 한다. 이는 이전과는 다른 체계와 규칙을 통해 타자의 말에 응답하도록 주체를 전환시키는 계기가 된다. 물론 "무너진 것은 무너진 것 이외"에는 "관심이 없"기 때문에 주체의 말, 즉 언어가 도달하는 자리는 무력함으로 채워져 있어 "분명한 것이 없다". 그런 이유로 아무런 "이의를 제기할 수 없"을지도 모른다. 말을 하고 이의를 제기하는 것만큼 능동적이고 적극적인 개입은 없기 때문이다.

　역설적이게도 김익경 시인의 언어가 "부유물로 도달하는 말들"에 머무르지 않는 것은 도달하기를 거부하는 태도에 있다. 무너진 것으로 스스로를 자리매김할지언정 "말들의 표정에게/도달하지 않기로" 하는 시인은 "직접 말하지 않는" 전략을 취한다. 이는 일견 쉬워 보이는 일처럼 느껴지지만 그만큼 눈앞의 그림자에 현혹되지 않으려는 사유의 깊이로 말미암는다. 또한 그것은 "아는 척"만으로 시야 너머의 세계에 도달하려는 이의 허위를 거부하는 일이기도 하다. 시인은 자신의 두려움의 실체를 밝히는 일이 어렵기만 한 것임을 안다. 때문에 "서로에 대해 거짓말"을 늘어놓더라도 그 모든 "얘기는 비밀"에 부치기로 하고 "아름다운 춤"으로(『100분 토론』) 언어가 도달할 자리에 다른 수행의 가능성을 쌓고자 하는 것일 테다. 어쩌면 "진짜를 가져 본 적 없"는(『나는 당신에게 단도직입적입니다』) 존재가 구할 수 없는 것을 갈구하는 헛된 욕망의 방식으로 타자와의 관계 맺기를 거부하거나 부작위의 자기 충족적 기만으로 자신을 유폐하려는 태도를 비판적으로 사유하는 것일 수도 있다. "생각의 문턱을 넘지 못하는 어제"는 "내일이 없는 오늘"만을 반복 재생할 따름이라서 '내'가 무엇을 더 열심히 해야 하는지 알 수 없기 때문이기도 하며(『잠에 대한 이별록』) 그로 인해 자기 갱신의 치열함을 저당 잡힌 채 강요된 자리에서 부유물로 전락하고 말았기 때문일 수도 있다. 그렇다면 무엇이 '나' 로 하여금 주체의 자리를 잃고 부유하게 만든 것일까.

크기를 생각한다

분수의 높이와 중력이 뒤엉키는 내일은 없는 날 크기도 없는 날

크기를 생각하며 손의 길이와 손톱이 자란 속도만큼 크기

를 생각한다

크기를 생각하며 손톱을 자르고 밥을 먹는다 밥그릇의 크
기가 바뀔 때마다 나는 크지 않는다 밥그릇의 크기가 날마다
커지거나 날마다 줄어드는 나는 크기가 없는 사람

크기가 없는 나는 나를 사라지게 한다

—「매직쉐프」 전문

이 시의 화자는 "크기를 생각한다". 그러나 사유의 끝에
서 '나'는 "크기가 없는" 자신을 인식하며 "나를 사라지게
한다". 이때의 사라짐은 주체적 수행으로 볼 수도 있겠으
나 '-게 하다'는 사동이 피동으로 여겨지는 이유는 "크기가
없는 사람"으로 전락한 존재가 선택할 수 있는 것이라곤
아무것도 없기 때문이다.

이 시의 중핵은 '크기'에 있다. 그것은 "분수의 높이와 중
력"이라는 상승과 하강이 뒤엉키는 욕망의 기저에 가닿는
다. 성공과 실패로 점철된 "내일"은 "크기가 없는 나"에게
주어지지조차 않는다. 어쩌면 '크기'가 없기에 주어지지 않
는 것인지도 모른다. '크기'란 상승과 하강의 메커니즘이
이루어지는 어떤 조건일 것이다. 이는 "밥그릇"으로 은유
된 사회적·경제적 지위를 뜻하는 것일 수 있다. 겉으로 드
러나는 '크기', 혹은 능력으로 존재를 평가하는 세계의 폭
력성은 존재를 왜소화시킨다. 마트에 진열된 기회를 붙잡

지 않으면 아무것도 아닌(「친애하는 가족 여러분」), 그저 "입을 봉한 사람"으로 전락시켜(「12 몽키즈 시즌 4」) "그 어떤 입장도 만들지" 못하는 "종이인간"으로(「종이인간」) 주체를 내모는 것이다.

"손의 길이"에 비교했을 때 "손톱이 자란 속도"는 미미하기만 하다. 그렇기에 화자는 "손톱을 자르고 밥을 먹"지만, "밥그릇의 크기가 날마다 커지"는 것과 반비례하여 "날마다 줄어드는 나"에게 충분한 지위를 마련해 줄 수 없다는 것을 느낀다. 사회적·경제적 지위를 확보하지 못한 '나'는 "생계를 위해 움직여" 봐도 성취하는 것 없이 세계로부터 소외되어 "죽은 자의 사생활"만을 반복할 따름이다(「타임머신」). 그곳에서 "누구나/한 번의 기회는 온다"고 믿어 봤자 그것은 애초에 주어지지 않은 "꿈을 훔"칠 뿐이라서(「당신은 박복한가요」) '크기'를 지니지 못한, 배제된 채 세계로부터 어떠한 이름도 부여받아 본 적 없는 '내'가 그것을 이루어 낼 가능성은 요원하기만 하다.

이러한 상황에 놓인 주체에게 필요한 것이 절대적 타자와의 관계일 것이다. 그러나 김익경 시인이 바라보는 오늘날의 현실은 "각자 자신의 휴대폰을 보고 있어서/서로에게 하려고 했던 말도/해 줄 말도 없"는 세계라서(「우리는 줄어들 수 있을까」) "하나뿐인 나의 마음"으로는 "너를 담지 못"하는(「집게」), 그리하여 단절된 채 파편화된 존재로 서로의 곁에서 부유하거나 어긋나기만 하는 시간으로 감각된다.

*

   그리하여 김익경 시인의 시는 타자와 소통하지 못해 고립된 존재의 불안을 형상화하고 있는 것처럼 읽힌다. 접촉면을 넓히려 해도 투명한 유리와 같은 경계가 타자와의 관계 맥락을 가로막고 있기에 불안은 삶의 비애라는 정념을 강화해 나간다. 아무리 "찬찬히 들여다봐도 당신과 나는 들리지도 보이지도 않는다"(「쇼윈도의 쇼윈도」).

> 집을 나서지 않는 사람
> 집을 이고 있는 사람
> 손안에 담을 수 없는 그림자만 가진 그래서
>
> 숨어 있어도 보이는
>
> (중략)
>
> 채우지 않았으므로 채워지거나 버림받을 일이 없는
>
> 익숙한 버림, 씨앗 없는 물
>
>   —「고독감별사」 부분

> 한 사람보다 더 많은 사람의 얼굴이
> 진실이 되기 위해서는

다른 집을 가 봐야 한다

한 사람은 한 사람이어서
다른 집에 가지 않는다

(중략)

그것이 혁명이든 양파의 내부든
우리는 저마다 다른 집에 있다

—「인터뷰」 부분

　김익경 시인의 시적 주체는 자기만의 "집에" 스스로를
유폐시킨다. 문을 열어 경계를 가르고 그 너머로 나아가
지 못한다. "한 사람보다 더 많은 사람의 얼굴"을 마주하며
삶의 "진실"을 길어 올리기 위해서라도 "다른 집"의 타자
와 만나야 하지만 새로운 세계로의 모험을 두려워하며 "손
안에 담을 수 없는 그림자만 가진" 채 숨기만 한다. '크기'
를 지니지 못해 왜소화된 존재이기 때문일까. "채우지 않
았으므로 채워지거나 버림받을 일이 없"을 것이라 위무하
며 "익숙한 버림"을 스스로에게 행한다. 그렇다고 "쓸쓸하
게 혼자 죽기를 바"라는(「그림자의 탄생」) 것은 아닐 것이다. 어
쩌면 시인은 사회적 지위를 위계로 전유하여 특정한 자리
를 강요하는 세계로부터 존재를 보호하는 수행으로써 시
적 주체의 유폐를 감행하는 것인지도 모른다. 그러나 시인

은 위계를 내세워 구조적인 폭력에 복무하도록 강제하는 세계로부터 자신을 보호하기 위해 스스로를 유폐시켜 타자화하는 것이 정신승리일 뿐임을 알고 있다. 그렇기에 개별적이고 파편화된 존재가 머문 "저마다 다른 집"에 "가 봐야 한다"고 말하는 것이다. 한 사람 한 사람을 타자의 얼굴로 마주하여 그 무엇으로도 규정되지 않는 타자성을 주체의 영역으로 전유하여 세계를 바꿀 "혁명이든 양파의 내부든" 무엇이든 될 수 있도록 말이다.

자신에게도 하지 않는 얘기가 있다 하고 싶어도 할 수 없는 말 기다리고 싶어도 기다릴 수 없는 말이 많을 때 오는

말하지 않아야 위로되는 악수 불면 속에서만 떠오르는 새벽 세 시의 거침없는 눈 단단해지는 동정들 위로받지 않아야 할 단점들 물티슈로 쉽게 지워지는 호적에 등재된 사람

모든 사람이 비밀이 되는 순간 허기를 즐기는 순간 그 순간들이 즐거운 세상 끙끙 앓고 있는 태양 한밤중에도 선명한 이름 투명한 얘기를 낳는 유리들 밟는 것보다 밝히는 발자국의 얘기에 귀 기울이는 중학교 등 뒤에는 아무것도 없는 그런

— 「눈사람」 전문

눈이 그치고 햇볕이 내리쬐면 눈사람은 녹아 아무것도 아닌 흔적으로만 남을 것이다. 그 곁에서 "어떤 이는 아무

것도 보지 않았다고", "아무것도 하지 않았다고" 혹은 "아무것도 아니었다고" 읊조릴 수도 있다(「각설탕」). 아무것도 아닌 존재로 자신을 규정하는 것은 그 어떤 화해도 불러올 수 없다. 「눈사람」의 시적 화자는 아무것도 아닌 존재로 자신을 내몰지 않으며 섣부른 화해를 시도하지도 않는다. "하고 싶어도 할 수 없는 말"과 "기다리고 싶어도 기다릴 수 없는 말"이 지닌 어떤 위험을 알기에 "자신에게도 하지 않는 얘기"를 타자를 향해 발화하지 않으려 애를 쓴다. 이는 "말하지 않아야 위로"가 된다는 공감으로 이어진다. 물론 이것이 악수(握手)가 될지 악수(惡手)가 될지는 알 수 없다. 어쩌면 미망(迷妄)이거나 착각일 수도 있다. 그럼에도 불필요한 말을 하지 않음으로써 "단단해지는 동정들 위로받지 않아야 할 단점들" 앞에서 헛된 기대를 품게 하거나 상실과 소멸 혹은 좌절로 내몰지 않을 수 있게 된다.

물론 "물티슈로 쉽게 지워지는 호적"이란 없을 것이다. 존재를 둘러싼 세계는 확고한 체계로 엄정한 위력을 지니고 있기 때문이다. 그러나 다르게 본다면 "쉽게 지워지는 호적"이란 규범에 기입되지 못한, 임시적이고 일시적인 상태를 의미한다. 그것은 주체의 자리를 확고부동한 것으로 정립하지 못하고 가변적이고 유동적인 양태로 풀어 두는 것이기도 하다. 그런 점에서 주체는 '눈사람'의 지위를 부여받는 것인지도 모를 일이다. 상황이 변하면 그에 따라 언제든 변할 수 있는 존재, 비록 그것이 녹아 아무것도 아닌 흔적으로만 남게 되더라도 세계가 강제하는 고정된 자리에 붙박여 무지와 오인으로 남아 있기보다는 유동하는 존재가 되어 알 수 없는 미래의 시간을 점유할 수 있다면 그것이 주체가 주체로서 온전히 자신을 재정립할 계기를 마련할 수 있을 것이다. 그리하여 "모든 사람이 비밀이 되는 순간"을 맞이하고 결핍을 즐기며 "선명한 이름"으로 "투명한 얘기"를 나눌 수 있으리라는 희망을 꿈꿔 볼 수 있게 된다. 그 희망은 "밟는 것보다 밟히는 발자국의 얘기에 귀 기울"일 수 있는, 다시 말해 폭력적 세계로 인해 억압받고 유폐된 타자의 곁에서 그들의 목소리에 귀 기울이며 우리가 처한 모순에 좀 더 능동적으로 저항할 수 있는 가능태이다.

*

그렇다고 김익경 시인의 시적 세계가 섣부른 희망으로 가능한 미래를 긍정하고만 있는 것은 아니다. 오히려 우리가 너무 쉽게 낙관하는 것을 경계하며 절망과 피폐함으로 고립된 존재의 부정성을 형상화하는 데 심혈을 기울인다. 『점점점 볼링볼링』이 궁구하는 바는 표제작에서 알 수 있듯이 "차마 젠장이라고 발음할 수 없"어 "된장"이라고 이야기할 수밖에 없는, 그리하여 모독과 모욕을 감내함으로써 왜소화된 채 "장롱"에서야 겨우 발견할 수 있는 주체의 고통을 우리가 여실히 감각할 수 있도록 하는 데 있다(「점점점 볼링볼링」). 유폐된 존재가 자신을 증명할 방법은 없기에, "나는 있습니까 없습니까"를 묻더라도 "나는 있습니다 없습니다"라고 스스로 답할 수밖에 없다(「나는 진짜일까요」). 모순된 정체성으로 자신을 내놓을 수밖에 없는 주체는 '진짜' 자신을 돌보는 대신 "누구도 잡지 않지만/스스로 붙잡히는 무모한 손금들"의 무의미 속으로 침잠하고 만다(「되돌이표는 되돌아오지 않는다」).

이 불가해한 절망을 김익경 시인의 세계라고 해야 할까. 그보다는 불가해한 절망을 내면화한 주체를 향한 시인의 애정이 삶의 부정성으로부터 비롯된 존재의 아픔을 성찰함으로써 맺는 관계를 은연중에 드러내는 데 집중하는 것이라 볼 수 있다. 그리하여 시인은 비록 때를 놓쳐 관계를 회복할 기회조차 마련할 수 없더라도 "오늘보다 먼저인 어제"를 톺아 "뒤따르기만 했던/저번을 곰곰 쳐다"보며(「먼저」) 어디에서 멈춰야 하는지, '세 시'와 '네 시' 사이의 거리를 어떻게 타자와의 거리로 마련하여 안온한 삶의 방식으로 끌어안을 수 있을지를 모색한다. "누구의 희생 따위는 없어"야 한다는 것, "불편을 감당하는 일"을 "불편을 사랑하는 일"로 여기며 스스로를 기만하지 않도록 해야 한다는 것, 그럼으로써 "손을 버려야 할 때"를 분명히 알고 행하도록 우리를 이끈다(「홀릭」).

김익경 시인은 주의해야 할 점을 분명히 지적한다. 섣부른 환대는 오히려 불편을 양산할 뿐이기 때문이다. 그런 점에서 주체와 타자 사이의 경계를 완전히 허물 필요는 없을 것이다. 성급하게 간극을 메우려다 보면 존재가 지닌

비동시적 동시성을 무너뜨려 다른 형태의 폭력을 강제할 위험이 농후하다. 같은 시간에 있다 하더라도 타자와의 거리를 간과한다면 공동체라는 이름으로 행하는 폭력이 될 수 있다. 개별 주체의 다양성을 무시한다면 그것은 "입술을 듣"기 위해 "입술만 바라보"며 그 너머의 "얼굴을 지우"는 협소한 관계로 전락할 따름이다(「너를 보기 위해 나를 본다면」). '너'를 보기 위해 '나'를 보는 것은 이기적 행위일 뿐이다. '너'를 '너'대로, '나'를 '나'대로 둘 수 있는 것이야말로 관계 맺음의 핵심이라고 할 수 있다. 관계를 맺는다는 것은 타자의 존재를 인지하고 인정하는 일이자 그들에게 자리를 내어주며 "부를 때까지 오지 않아도 좋"다는 것을 알리는 일이다(「그림자의 탄생」). 이는 "아무도 모르지 않는 오늘"처럼 자명한 것이기도 하지만 "아무도 찾을 수 없는 열쇠"처럼 우리가 너무 쉽게 간과하고 있기에 늘 잊고 사는 것이기도 하다(「금요일」).

　이런저런 이유를 대며 우리는 각자의 자리에 고립된 채 서로에게 손을 내미는 것을 주저하고 있는지도 모른다. '나'만 소외된 것처럼 느끼기도 하고 '나'만 따로 떨어져 목소리를 잃고 절망에 빠져 있다고 생각하기도 한다. 그러면서 절망적 상황을 돌파해 나가기보다는 회피함으로써 위안을 삼는다. 그러나 이러한 것은 그저 자기기만일 뿐이라고, 자폐적이고 자기 충족적인 체념일 뿐이라서 이에 머물지 않도록 한 걸음 내딛는 과정이 필요한 때라고, 김익경 시인은 우리를 향해 이야기한다. 그 목소리에 귀 기울이며

'나'와 '너'라는 또 다른 '나들'을 잇는 일은 이제 우리의 몫
으로 남는다.